Dans la liste des sept arts, la littérature apparaît au cinquième rang. La collection Quai nº 5 lui est passionnément dédiée : on s'y embarque aimanté par ce que l'horizon transporte et tout ce qui nage sous la surface des choses.

Océans

James Hyndman

Océans

douze soliloques

QUAI N° 5

Catalogage avant publication de Bibliothèque et Archives nationales du Québec et Bibliothèque et Archives Canada

Hyndman, James, auteur

Océans / James Hyndman.

(Quai nº 5)

Publié en formats imprimé(s) et électronique(s).

ISBN 978-2-89772-128-2

ISBN 978-2-89772-129-9 (PDF)

ISBN 978-2-89772-130-5 (EPUB)

I. Titre. II. Collection : Quai nº 5.

PS8615.Y529O23 2018 C842'.6 C2018-941524-X

PS9615.Y529O23 2018 C2018-941525-8

Les Éditions XYZ bénéficient du soutien financier du gouvernement du Québec par l'entremise du programme de crédit d'impôt pour l'édition de livres et de la Société de développement des entreprises culturelles du Québec (SODEC). L'éditeur remercie également le Conseil des arts du Canada de l'aide accordée à son programme de publication.

Financé par le gouvernement du Canada | Canada

Direction littéraire : Tristan Malavoy-Racine

Révision linguistique : Sophie Marcotte

Correction d'épreuves : Élaine Parisien

Conception typographique et montage : Édiscript enr.

Conception et graphisme de la couverture : David Drummond

Illustration de la couverture : Palii Oleg, Shutterstock

ISBN version imprimée : 978-2-89772-128-2

ISBN version numérique (PDF) : 978-2-89772-129-9

ISBN version numérique (ePub) : 978-2-89772-130-5

Dépôt légal : 3e trimestre 2018

Bibliothèque et Archives nationales du Québec

Bibliothèque et Archives Canada

Diffusion/distribution au Canada :

Distribution HMH

1815, avenue De Lorimier

Montréal (Québec) H2K 3W6

www.distributionhmh.com

Diffusion/distribution en Europe :

Librairie du Québec/DNM

30, rue Gay-Lussac

75005 Paris, FRANCE

www.librairieduquebec.fr

Imprimé au Canada

quaino5.com

Douze soliloques, douze adresses.
Des couples, surtout.
Mais peut-être pas seulement.
Fragments de paroles.
Violences ordinaires du manque.
L'ensemble ferait penser à un oratorio.

1

Il se fait les questions et les réponses

… au fond on n'est pas mal chez toi… les grandes baies vitrées, l'espace, la lumière, on aurait envie de s'asseoir là avec un bon bouquin, rêvasser, lire, prendre le temps… alors tu es bien ?, je veux dire ta vie en général, tu es content, ça se passe bien pour toi, tu es – je veux pas dire heureux, c'est un grand mot – mais *satisfait* ?, tu aimes ton travail, tu as une femme, des enfants, des amis, tu aimes bien cette vie, je crois que tu l'aimes bien, j'ai l'impression que tu es satisfait, que cette vie-là te ressemble, avec ta mère j'ai de la chance, on a de la chance elle et moi, j'aime ta mère, et elle m'aime, d'ailleurs il faudrait que je l'appelle, il est où ton téléphone ?, je vais l'appeler… tu as quelque chose à grignoter, des noix, des chips, quelque chose ?… je m'inquiète pour ta sœur, elle n'est pas bête, elle a des capacités, mais elle ne sait pas ce qu'elle veut, elle a un bon boulot bien sûr, elle est respectée, c'est ce qu'elle dit, mais je ne comprends pas ce qu'elle veut, ce qu'elle attend de la vie, elle tourne en rond, elle hésite, elle n'a pas réussi à se développer, à faire quelque chose d'elle-même, c'est dommage mais c'est sa vie, nous on ne peut plus rien pour elle, on s'inquiète bien sûr, mais c'est sa vie, et au fond, elle n'est pas malheureuse, je ne crois pas qu'elle soit à plaindre, et puis c'est bon pour elle de vivre à l'étranger, il faut qu'elle se débrouille maintenant, elle n'a pas le choix, elle a des amis là-bas, c'est ce qu'elle dit, elle sort, elle voyage, elle s'est fait une vie, elle va bien, dis-moi, il est où ton téléphone ?, je vais appeler ta mère, et alors toi, tu travailles sur quoi en ce moment ?, tu continues de travailler ?, tu écris toujours ?, tu aimes bien cette vie je crois, d'ailleurs je suis tombé sur un article de toi, tu racontais que… c'était bien, c'était instructif, j'ai appris des choses sur toi, je ne savais pas que tu t'intéressais à… tu sais de quoi je parle, de quel article je veux parler, je crois que ta mère l'a gardé, c'est récent ?, tu as écrit ça récemment ?, faut pas que j'oublie d'appeler ta mère, alors oui, je voulais te dire, je crois que ça lui ferait du bien si tu l'appelais un peu plus souvent, tu sais, elle ne veut pas te déranger, mais ça lui fait quelque chose que tu ne l'appelles pas plus souvent, elle ne le montre pas mais ça l'affecte, je sais que tu es occupé, mais ça lui ferait plaisir je crois, tu n'as pas besoin de lui parler longtemps, juste un petit mot, juste un bonjour, je ne veux pas te dire quoi faire, mais ça lui ferait plaisir, on n'est pas mal ici finalement, tu te débrouilles pas trop mal, je suis content pour toi, tu as l'air bien, j'ai l'impression que tu es plutôt bien, je me trompe ?, en tout cas c'est l'impression que tu donnes, mais je ne crois pas me tromper, je suis content de la relation qu'on a tous les deux, on a une bonne relation je crois, on se comprend toi et moi, c'est facile, on prend plaisir à discuter, à parler de tout et de rien, on sent que tu as mûri, tu es moins tendu, moins sur tes gardes, c'est devenu plus facile, je t'aime bien tu sais, je crois que tu m'aimes bien aussi, on s'aime bien au fond tous les deux…

2

Elle se cabre

… ça, ce regard-là, cette façon de me regarder que tu as, ne va pas croire que ça m'échappe, ne t'imagine pas que je ne m'en rends pas compte, tu peux prendre une pose, tu peux prétendre être là, tout ouïe, tout disposé à écouter, je vois très bien ce qui se passe, je vois très bien ce qu'il y a dans ton œil, ce que je cherche à te dire n'est rien à côté de ça, tu pourrais ne pas vouloir l'entendre, ça irait encore, je ferais avec, mais ça, ce regard, cette façon de me regarder de loin, de me dévisager froidement, comme si rien de ce que j'avais à dire n'avait de sens, comme si tout ce que je te racontais t'ennuyait ou ne te concernait pas, ça, ça oui, ça me met hors de moi, tu creuses, voilà ce que tu fais, tu creuses une tranchée, en silence, mine de rien, ou plutôt en faisant mine de t'intéresser, tu creuses en silence et tu te planques, voilà ce que tu fais, tu te mets à distance, hors de portée, tu prends soin de ne pas te laisser atteindre, tu te poses là, bien protégé, à l'abri de je ne sais quoi, de moi, de toi, et tu observes, tu prends des airs d'anthropologue et tu m'observes comme un animal, comme une petite chose qui ne saurait pas ce qu'elle fait ou ce qu'elle dit, comme si je m'agitais pour trois fois rien, tiens, regarde la petite fourmi, regarde-la s'agiter dans tous les sens, elle n'a pas conscience du vaste monde qui l'entoure, elle n'a pas idée de ce qu'elle fait, je vois très bien ce qui se passe, je bondis, oui, je sors de mes gonds, je m'emporte, je tempête, et tu as bien de la chance que je m'emporte, que je bondisse encore, que je veuille encore te sauter à la gorge, que je me donne encore toute cette peine, de lutter, de te maudire, de vouloir t'arracher les yeux, tu ne sais pas la chance que tu as, regarde-la ta petite fourmi besogneuse et affairée, et remercie le ciel de la voir s'agiter, elle se remue pour la remplir ta tranchée, pour l'emplir de terre comme elle peut, elle se démène avec l'énergie du désespoir pour le combler ton fossé, pour que les abîmes que tu creuses entre nous ne nous perdent pas, pour y croire encore, pour espérer encore que tu resteras un peu de mon côté, avec moi, avec nous, remercie le ciel de m'avoir trouvée, de pouvoir compter sur une fourmi si ardente, si persévérante, parce qu'un jour ce regard-là la tuera, ton regard m'achèvera, je n'aurai plus ni feu, ni haine, ni révolte, je ne sentirai plus rien, je serai vide tu comprends, et ce jour-là, tu seras seul avec ton trou…

3

Il se défend

… c'est OK, c'est correct, c'est juste que c'est étonnant, ça m'étonne, mais bon, c'est correct… on se rencontre une première fois, on a un premier échange, ça dure une dizaine de minutes, tu es là, tu travailles, tu es seule au comptoir, on est là tous les deux, on échange quelques mots par hasard, on se met à parler de photographie, on a un court échange sur la *lumière*, c'est un peu inattendu comme conversation dans ce contexte-là, et en même temps c'est tout de suite intéressant, tout de suite c'est stimulant, on échange des points de vue, ça dure quelques minutes pas plus, c'est juste sympathique, juste une petite connexion inattendue, et ensuite, la deuxième fois, la deuxième fois c'est au vernissage, je pouvais pas savoir que tu serais là, je suis surpris, je m'attendais pas à te voir, et quand tu m'aperçois tu viens vers moi, moi je t'ai repérée tout de suite, je veux pas m'imposer, mais tu me fais signe et tu viens vers moi, et alors on se met à parler et de fil en aiguille on discute pendant presque une demi-heure, ça dure presque une demi-heure, on parle de plein de choses, on échange sur plein de choses et on a plein de choses en commun, des points de vue, des idées, on parle de Lars von Trier et de comment on n'aime pas ses films, on trouve tous les deux qu'il manipule le spectateur et ça nous irrite tous les deux, y a plein de petites connexions comme ça au fur et à mesure qu'on se parle, on n'est pas du tout dans la séduction, c'est pas du tout ça, c'est pas du tout de la séduction, et puis y a un type qui s'approche, il vient vers toi et je me dis OK, c'est une bonne porte de sortie si elle veut s'éclipser, si elle veut échanger avec d'autres, avec des amis, c'est possible, elle peut le faire sans que ce soit vexant mais au lieu de ça tu restes là, tu restes avec moi, tu bouges pas, tu t'en vas pas, j'ai pas l'impression que tu te sens obligée, j'ai pas l'impression de te monopoliser, c'est juste une conversation sympathique, c'est tout, et quand vient le moment de se quitter je te fais une bise et là j'ai senti que peut-être y avait un malaise, j'ai senti que peut-être c'était trop, je suis pas sûr, mais j'ai eu l'impression que c'était juste un peu trop, pourtant c'était juste une bise comme quand on fait une bise à quelqu'un en se quittant parce qu'on a passé un moment agréable ensemble, c'était juste une bise comme ça, pas une bise sortie de nulle part, pas une bise avec des sous-entendus, mais j'ai senti ça, j'ai senti que c'était un peu trop, je me suis dit OK, c'est correct, faut pas être trop proche, et quand je tombe sur toi quelques semaines plus tard, tu me dis bonjour en me faisant une bise mais je sens tout de suite que c'est pour être polie, que t'avais pas très envie de la faire, la bise, que tu as choisi d'être polie, alors le reste de la soirée je reste à distance, je me dis OK, faut pas être trop proche, c'est OK, c'est correct, peut-être que la bise de l'autre fois c'était trop, peut-être que c'est ça, peut-être que c'est autre chose, je sais pas, mais je me dis OK, je reste à distance, je suis là mais je force rien, et au moment de partir je me dis je peux pas partir comme ça, sans lui faire une bise, je me dis même si on s'est pas parlé de la soirée et même si tu restes à distance on a quand même eu un moment agréable ensemble l'autre fois, et puis tu m'as accueilli avec une bise tout à l'heure alors je me vois pas partir comme ça, ni vu ni connu, sans un au revoir, sans une petite marque d'attention, comme si de rien n'était, alors je m'approche pour te dire au revoir en te faisant une bise et là y a un vrai malaise, je sens que tu es très mal à l'aise, tu détournes ton regard tellement tu es mal à l'aise alors je me sens vraiment mal, je me sens très mal de t'avoir fait une bise, je me dis j'aurais mieux fait de pas en faire, je me sens vraiment très mal parce que tout à coup c'est comme si je t'avais violée ou quelque chose comme ça, et quand je me retrouve dehors je suis tout honteux, je suis là sur le trottoir et je voudrais disparaître sous terre, et quand je te vois des mois plus tard, ça fait des mois qu'on s'est pas croisés, je te vois de loin, je te fais un sourire, un sourire un peu figé, un peu crispé, mais tu baisses les yeux, tu me regardes pas, tu me regardes même pas, tu passes ton chemin sans me regarder, comme si la bise de l'autre fois avait créé un gouffre, un océan de malaise, alors je me dis c'est correct, c'est OK, je comprends pas mais c'est correct, c'est juste que c'est dommage, c'est tout, c'est juste ça, c'est dommage, c'est tout…

4

Elle s'effondre

… je ne comprends pas ce qui se passe… je ne comprends pas ce qui m'arrive, je ne sais pas ce que c'est, c'est physique, je suis bloquée, j'ai du mal à respirer, j'ai un nœud, là, dans le ventre, comme une masse, j'ai froid, je tremble, je ne me reconnais plus, je ne m'appartiens plus, au début je me disais ça va passer, ça va aller, mais ça n'est pas passé, ça ne s'en va pas, ça ne va pas mieux du tout, ça fait un bon moment que ça dure maintenant, et plus ça dure, plus je paralyse, c'est comme une paralysie, je ne peux plus rien faire, il n'y a plus que ça, je continue, je fais ce qu'il y a à faire, je ne me laisse pas aller, je ne suis pas du genre à me laisser aller, mais je paralyse, à l'intérieur:

je prends sur moi, je tiens le coup vous comprenez, je continue, un jour à la fois, une heure à la fois, mais je vois bien que ça ne peut pas durer, je vais finir par m'effondrer, je ne pourrai pas, je ne pourrai plus, tout simplement, je ne sais pas ce que je ferai, il ne faut pas que ça arrive, ce serait terrible, je ne sais pas ce que je ferais, je ne crois pas que je m'en remettrais, c'est mon corps, mon corps me lâche, il ne veut plus, il n'y arrive plus, je peux bien continuer, je peux bien faire comme si, mais il ne veut plus, il refuse, comme s'il me disait je ne veux plus de ce travail, je ne veux plus de cette vie, je n'en peux plus, mais c'est ma vie vous comprenez, je n'en ai pas d'autre, c'est la mienne, comment voulez-vous que je change, on ne change pas de vie comme ça, il n'y a qu'au cinéma qu'on voit ça, je ne peux pas, même si mon corps ne demande que ça, même s'il n'attend que ça, pour faire quoi ?, je deviendrais quoi ?, comment savoir, je ne sais pas, je ne vois pas, je ne vois rien du tout vous comprenez, ça me reprend, là, le nœud, juste d'y penser, rien qu'à en parler, ça me reprend, là, dans la poitrine, tous les jours c'est pareil, je me secoue, je me pousse dans le dos, je m'encourage, jour après jour je ramasse comme je peux mon corps en miettes et je me répète : si tu savais, si tu pouvais, elle ressemblerait à quoi ta vie ?, elle aurait l'air de quoi ?, je n'ai pas le temps d'y penser que le nœud me prend, il me scie les jambes, il me coupe les ailes, c'est toujours pareil, le même haut-le-cœur, le même vertige, comme quand il faut sauter et qu'on ne peut pas, je voudrais mais je ne peux pas, je m'agrippe à tout et n'importe quoi, je me raccroche au peu que j'ai, c'est trop me demander, ce serait comme demander à un aveugle de faire un pas dans le vide, sans le guider, sans lui parler, sans lui dire où il mettra pied, je suis comme une aveugle, je ne vois pas ce qu'il y a de l'autre côté, je ne vois pas comment sauter, où trouver le courage, je voudrais tant que vous sachiez, que vous puissiez m'aider, mais il n'y a que moi, il n'y a que moi vous comprenez, moi et mon corps fatigué, moi et ma vie devant moi, moi et le vide devant moi, il n'y a que moi, je suis seule avec ma vie, la seule vie que j'ai, la mienne, et je ne le supporte pas, je ne le supporte plus…

5

Il s'acharne

… est-ce que tu comprends ce que je dis… est-ce que tu comprends ou est-ce que c'est du chinois pour toi ?… j'essaye de te dire comment *je* me sens, je te parle de *moi*, de qui je suis, d'où je suis, est-ce que tu peux entendre ça ?… est-ce que c'est recevable pour toi ?… je ne te parle pas de toi, je ne t'accuse de rien, je ne te fais aucun reproche, je ne cherche pas un coupable, je me fous de savoir s'il y a un coupable, je veux pouvoir te dire : voilà, moi, c'est ça, voilà où je suis, là, maintenant, je ne te demande pas de répondre, je ne te demande pas de commenter, je ne te demande pas de te prononcer, encore moins d'acquiescer, je te demande simplement, est-ce que tu peux entendre ça avec un minimum d'ouverture ?, on n'est pas obligés d'être d'accord, on n'a pas à s'entendre à tout prix, on peut très bien se dire : bon, manifestement on n'a pas le même point de vue, je vois les choses comme ça, tu les vois autrement, on n'a pas la même lecture, on n'a pas la même interprétation des événements, c'est comme ça, ça rend peut-être pas les choses plus faciles mais c'est pas la fin du monde, et surtout, ça ne nous avance à rien de vouloir à tout prix avoir raison, je peux très bien te dire : j'entends ce que tu dis, je l'accepte, je ne te dis pas que je comprends, je ne te dis pas que je suis d'accord, que tu as raison, mais je t'entends et j'accepte, de toute façon je ne peux pas faire autrement, c'est comme ça, c'est la réalité, c'est ta réalité : tu es là, et je suis ailleurs, et on ne s'entend pas, y a pas de quoi péter les plombs, y a pas de quoi hurler à l'injustice ou au drame, on n'est pas d'accord, c'est tout, on n'est pas d'accord là, ici, maintenant, en ce moment, à l'heure où on se parle, c'est comme ça, on n'y peut rien, tout ce qu'on peut faire c'est l'accepter, qu'est-ce que tu veux faire d'autre, l'accepter et laisser tout ça se déposer, après, on ne sait pas, on ne peut pas savoir comment ça va vivre, comment ça va bouger, comment on aura peut-être envie d'en reparler toi et moi, plus tard, autrement, la porte reste ouverte, rien n'est figé, bloqué, rien n'est définitif, ça respire, ça vit, ce qui est impossible aujourd'hui sera peut-être possible demain, on finira peut-être par trouver une façon de s'entendre, qui sait, on n'en sait rien, c'est tout, c'est pas la fin des haricots, on échange, on discute tu comprends, on met tous les deux cartes sur table, sans violence, sans attendre, sans exiger autre chose que d'être écoutés, que d'être entendus avec un minimum de respect et d'ouverture, c'est tout, pas plus, pas moins, est-ce que c'est acceptable pour toi, est-ce qu'on peut s'entendre au moins là-dessus, est-ce qu'on peut partir de là, parce que sinon… sinon je vois pas, sinon quoi ?… sinon je vais te dire, sinon on recommence, et hop c'est reparti, y a plus de fin tu comprends, y peut pas y avoir de fin à ça, c'est le même disque rayé, la même vieille ritournelle, encore et encore, et chacun enfonce son clou, chacun espère l'aveu, la reconnaissance par l'autre de ses torts, chacun serre les poings et attend la *reddition* de l'autre, parce que c'est de ça qu'on parle, on ne parle pas d'autre chose, tu t'en rends compte, on est dans la lutte, là, dans le combat, on y est, c'est là qu'on est, c'est exactement là qu'on est tous les deux en ce moment, tu t'en rends compte, tu le vois, tu ne peux pas ne pas le voir, on est dans l'arène, là, on est dans le ring, on est en plein dedans, c'est le knock-out ou rien, et moi je dis: c'est terminé, je ne veux plus, c'est pas vrai, c'est pas moi, c'est pas nous, on n'est pas des sauvages, on n'a plus l'âge pour ça, en tout cas moi j'ai plus l'âge de ça tu comprends, et puis je vaux plus que ça, je nous vois, là, je nous observe pendant qu'on se parle, pendant qu'on est incapables de se parler, et je me dis c'est pas vrai, on n'a pas vécu tout ce qu'on a vécu pour en arriver là, c'est pas possible, pas moi, pas nous, on vaut plus que ça, on n'est pas des demeurés, on sait faire mieux, on a appris des choses, on n'est pas analphabètes, on n'a peut-être pas appris à *se* parler, mais il doit y avoir moyen, c'est pas possible, on n'est pas pauvres à ce point-là, je refuse, je refuse d'en être réduit à ça, je ne veux pas parler pour toi mais pour moi c'est clair, c'est non, pas ça, pas comme ça, ou bien on trouve une façon de se parler ou alors il faut avoir la lucidité de dire c'est bon, on n'y arrive pas, mais dans tous les cas on refuse le ring, on refuse de monter dans le ring, on n'enfile plus les gants, on jette l'éponge, on arrête tout, on baisse les bras, y a plus de combat, chacun rentre chez soi, sinon quoi, sinon… sinon… en tout cas… en tout cas, moi… je sais plus, je sais plus ce que je dis, regarde-moi, je parle et je sais plus ce que je dis… voilà où on en est, regarde-nous, on sait plus ce qu'on dit, on dit n'importe quoi…

6

Il se conforte

… la lecture c'est pas mon truc, je suis pas fait pour ça, j'ai pas la tête pour ça, c'est la concentration, si t'es pas concentré tes yeux ils se baladent mais toi tu bouges plus, tu tournes les pages mais tu suis plus, c'est un truc que j'ai remarqué, il faut être concentré, c'est à cause des mots, la quantité de mots, les pages et les pages où il se passe rien, tu y es et tout à coup tu y es plus du tout, tu sais plus où t'en es, celui qui écrit, l'écrivain, il est comme possédé on dirait, il peut plus s'arrêter, il arrête pas d'en rajouter, le gris du ciel, le froid de canard, le réverbère tristounet, il te fait voir tout ce qui lui passe par la tête, c'est pas pour tout le monde, faut savoir s'accrocher, ceux qui vont jusqu'au bout, ceux qui lisent pour de vrai, ils sont pas comme nous, ils sont comme fous, ils t'en parlent comme d'un truc pas possible, comme s'ils avaient vu, comme s'ils avaient compris un truc que tu peux pas imaginer, ils te regardent un peu de haut, comme ça, l'air halluciné, et ils en font toute une histoire, ils arrêtent pas d'en parler et de gesticuler, y en a que ça impressionne, moi ça me fait ni chaud ni froid, ils font ce qu'ils veulent, ils parlent comme ils veulent, chacun sa vie, chacun son truc, moi mon truc c'est le cul, le reste ça m'intéresse pas, le reste j'y pense pas, le cul j'y pense tout le temps, du matin au soir, y a que le cul qui m'intéresse, le seul bouquin que j'ai lu, c'est un truc de

Simenon, avec le commissaire, celui qui collectionne les pipes, il s'appelle Maigret, c'est un taiseux, il la ramène pas mais il voit tout, c'est un fin finaud, il comprend les gens, il les devine, il voit à travers eux, c'est après qu'on m'a dit pour Simenon, que c'était un obsédé du cul lui aussi, il aurait baisé dix mille femmes au moins, le rêve, y en a qui ont tout, ils ont le cul bordé de nouilles, il était comme moi Simenon, il pensait qu'à ça, il aurait passé sa vie à ça, il pouvait pas faire autrement, il était fait comme ça, son corps était fait comme ça, tu contrôles pas ces trucs-là, tu décides rien, tu peux pas dire je la mets en veilleuse maintenant, on réduit la dose, on pense à autre chose, ceux qui te disent ça ils disent n'importe quoi, c'est pas des vrais obsédés, autrefois on disait il a le diable au corps, voilà : t'as le diable au corps, t'as la chatte dans la tête, le con dans la bite, tu peux pas faire autrement, tu décides rien, même que sa femme à Simenon, elle lui levait des prostituées, elle se décarcassait tous les jours que le bon Dieu fait pour lui ramener des filles à la maison, elle pouvait pas fournir sa femme, elle pouvait pas suivre, fallait qu'elle l'aime quand même, fallait qu'elle y tienne à son Simenon, le cul bordé de nouilles je te dis, parce qu'une perle comme ça, faut la trouver, faut se lever de bonne heure pour la dénicher, il avait même pas à sortir de chez lui

Simenon, il écrivait tranquille, il partait à l'aventure avec son Maigret, la nuit, par temps gris, le long des canaux et tout, et paf, comme un métronome, toutes les deux ou trois heures, une fille pas possible débarquait, il faisait ce qu'il avait à faire, pas besoin de lever le petit doigt, pas besoin de se faire tout un cinéma, ils faisaient leur affaire tous les deux, et puis il revenait tranquille à son histoire, une pause pipi on pourrait dire, une petite pause branlette, trois petits coups et puis s'en vont, le rêve, c'est pour ça que, depuis que je sais pour Simenon, j'ai compris un truc, c'est pas pour dire, mais les autres, ils sont pas différents de nous, ils sont comme toi et moi, ils peuvent bien te raconter toutes sortes d'histoires, ils pensent qu'à une chose, ils pensent tous à la même chose…

7

Elle s'en prend au monde entier

… franchement elles me font rire, elles chialent, elles se lamentent, elles n'arrêtent pas de se plaindre, elles n'ont rien de bon à en dire, à les entendre elles se sont fait avoir, la vie les a flouées, maintenant elles payent, c'est ce qu'elles disent, elles n'arrêtent pas de payer, de leur corps, de leur sang, elles s'épuisent, elles se vident, le bout du rouleau elles y sont à plein temps, pas moyen de faire autrement, *comment je fais ?* elles demandent, elles n'en reviennent pas, c'est le grand mystère, la grande énigme, *comment on fait pour tenir ?* elles se demandent, on n'a pas idée, on ne peut pas s'imaginer, l'énergie, la patience, le renoncement, le don de soi, tout ça, le trémolo dans la voix, et puis elles disent qu'il faut pas croire, qu'elles ne regrettent rien, que si c'était à refaire elles feraient pareil, même vie, mêmes choix, même bazar, c'est dur, c'est sûr, mais c'est la vie elles te disent, c'est le tribut à payer, le *lot* elles disent, le lot de toutes les femmes, depuis la nuit des temps, de toute éternité, quoi qu'on en dise, quoi qu'on en pense, pour rien au monde elles ne donneraient leur place, ça non, elles ne voudraient pas, elles y tiennent à leur vie de travers, elles y tiennent comme à la prunelle de leurs yeux de mères, ce qu'il y a, ce qu'il faut comprendre, c'est qu'il y a les *circonstances*, les otites qui se suivent, les horaires qui se déglinguent, la routine qui tue, le sommeil qui fout le camp, à les entendre y a qu'elles qui manquent d'air, y a qu'elles qui désespèrent, elles t'en parlent comme d'un tsunami, après rien n'est plus pareil elles te disent, après c'est le tournis, le chaos, après c'est la débandade, chacun pour soi et Dieu pour tous, la vague, elle déferle et elle te ramasse, tu n'y peux rien, impossible de voir venir, impossible de prévoir, et tant mieux, tant mieux elles disent, sinon tu ferais plus rien, t'oserais plus rien, non, rien de rien, elles ne regrettent rien, elles n'arrêtent pas de le dire, elles n'arrêtent pas de le répéter, elles ne parlent que de ça, de ça et de rien d'autre, elles t'étourdissent, elles te noient sous leurs torrents de mots, comme la marée qui monte : elle monte, elle monte, elle engloutit les bancs de sable et les lagunes, et tu te retrouves le bec dans l'eau, seule sur ton île : seules, on est seules, les unes comme les autres, les unes autant que les autres, chacune sur son île, chacune à s'époumoner pour se faire entendre, et moi pareil, je hurle, je hurle…

8

Il se noie

… donc, le menu du soir… c'est dommage parce que sur le menu du midi il y a la côtelette de porc avec une purée de céleri-rave, ça m'a l'air bien ça, ce serait parfait, ce serait encore mieux avec des frites mais bon, comme on est le soir… pour les poissons, vous avez un poisson du jour ?… oui, vous me l'avez dit, c'est vrai, qu'est-ce que je raconte, l'espadon, un filet d'espadon, c'est un drôle de poisson l'espadon, c'est comme le thon, c'est un poisson sec, non ?… et puis non, pas le poisson, pas de poisson ce soir pour moi… côté viandes… la bavette, elle est en sauce ?, elle vient avec une sauce ?, on peut l'avoir sans la sauce, ou alors avec la sauce mais la sauce à part ?… oui, la bavette, pourquoi pas… quoique, attendez, je ne sais pas, je ne suis pas sûr, je vous fais attendre, je sais, c'est difficile, je me disais une viande peut-être mais je ne suis pas sûr, c'est un peu lourd, le soir je veux dire, écoutez, je vais prendre la petite salade, la salade de cresson, elle est bien ?, vous la recommandez ?, je vais prendre la salade pour commencer et pour la suite on verra… non, en fait non : mieux vaut choisir maintenant, mieux vaut choisir tout de suite, sinon ça risque d'être long… tiens, il y a un verso, je n'avais pas vu, je n'avais pas remarqué… vous avez des pâtes ?… pourquoi pas, c'est vrai, au fond, pourquoi pas des pâtes… carbonara, bolognese, aux fruits de mer, non non, surtout pas de fruits de mer… ceci dit, c'est lourd aussi les pâtes… et les pizzas… napolitaine, margherita, rustica : c'est quoi ?, qu'est-ce que c'est ?, il y a quoi dedans ?, des champignons ?, les champignons je ne peux pas, ni anchois ni champignons, rien d'épicé ou de relevé, et puis non, finalement non, pas de pizza pour moi, pas ce soir… attendez, laissez-moi voir… je vous fais attendre, je sais… de toute manière on commence avec la salade et puis… pour la bavette, vous croyez que… écoutez, je commence avec la salade, on commence avec ça et puis je verrai, je verrai après, comme ça j'aurai un peu de temps, donc la salade pour commencer et puis on verra pour la suite, ça va ?, ça vous va ?, ça va comme ça ?... bon, c'est parfait, c'est parfait comme ça... vous, vous prendriez quoi ?, à ma place je veux dire, vous prendriez quoi ?, vous aimez quoi ?, en fait, ce que je vais faire, ce sera plus simple comme ça, je m'en remets à vous, voilà, c'est ce que je vais faire, après tout c'est vous qui savez, vous connaissez le menu, vous goûtez les plats, vous les voyez passer en tout cas, c'est votre métier, alors autant en profiter, je m'en remets à vous, c'est décidé, ce sera beaucoup plus simple comme ça, c'est vous qui choisissez, on commence avec la salade et je vous fais confiance pour le reste, voilà, bon, c'est réglé, on fait comme ça, bon, c'est parfait, voilà, ça ne sert à rien de s'énerver, c'est ce que je me dis toujours, il suffit de faire confiance, il suffit de prendre le temps, il suffit d'un peu de temps et ça s'arrange, avec le temps tout s'arrange…

9

Elle s'accroche

… je suis contente qu'on soit tombés l'un sur l'autre comme ça, par hasard, ça me fait plaisir, c'est vrai, ça me fait plaisir de te voir, je trouve que tu as l'air bien, tu as l'air… et puis c'est drôle, je me disais justement que ce serait bien qu'on se revoie, qu'on se parle, je pensais justement à toi, pas plus tard qu'hier, je me disais c'est dommage, c'est dommage que ça se soit terminé comme ça, je veux dire, je trouvais dommage qu'on n'ait pas eu l'occasion de se reparler, la dernière fois, j'étais un peu sous le choc, ça a été une rencontre difficile, je ne m'attendais pas à ça, je ne te dis pas que je tombais des nues mais je ne m'attendais pas à ce que ce soit aussi définitif, et puis je rentrais de voyage, disons que je m'attendais à quelque chose d'un peu plus romantique, à des retrouvailles ou quelque chose comme ça, j'ai été prise de court, c'est le moins qu'on puisse dire, mais bon, c'est comme ça, c'est la vie, on ne décide pas toujours, et puis hier je me disais justement que ce serait bien qu'on ait l'occasion de se voir, il y a des choses que j'avais envie de te dire, mais ça me gênait un peu de t'appeler ou de te faire signe, alors de tomber sur toi comme ça par hasard, c'est peut-être pas un hasard finalement, tu es sûr que tu ne veux pas t'asseoir, ça me fait bizarre d'être assise là, à te regarder pendant que tu restes debout, tu peux bien t'asseoir deux minutes, le temps d'un café, c'est fou le monde qu'il y a ici, ça n'arrête pas, on s'entend à peine parler, ça me plaît bien comme endroit, c'est vrai, ça m'a toujours plu ici, ça faisait un moment que je n'étais pas venue, il faut dire que tu es un habitué, j'imagine que ça n'a pas changé... comment dire... j'ai beaucoup réfléchi depuis... après la dernière fois... il y a eu des mots, des choses qui ont été dites, des paroles qui me sont restées, qui m'ont accompagnée, auxquelles j'ai beaucoup songé, je ne sais pas si tu te souviens de ce que tu m'as dit, j'imagine que oui, ou peut-être que non, mais tu m'as dit une chose, c'était la première fois qu'on me la disait comme ça, je ne l'avais jamais envisagée de cette façon-là, sous cet angle-là, et je voulais… ça a l'air un peu bête dit comme ça mais je voulais te remercier d'avoir eu cette sincérité-là, d'avoir pris la peine de me le dire, d'avoir eu la franchise de me le dire, parce que… tu m'as dit… je ne me souviens pas de la formulation exacte, mais ce que ça voulait dire, ce que ça disait, c'était que… je ne m'étais pas *révélée*, tu te souviens ?, que j'étais restée secrète ou quelque chose comme ça, une sorte de quant-à-soi ou de distance malgré moi, je ne savais pas exactement ce que tu voulais dire, sur le coup je n'ai pas réagi, je ne me suis pas arrêtée au mot, mais après ça m'est revenu et ça m'a saisie, je n'ai pas arrêté d'y penser : même si j'étais persuadée du contraire, je ne m'étais pas *révélée*... tu m'as dit ça simplement, il n'y avait pas de reproche, en tout cas c'est ce qu'il me semble, c'est le souvenir que j'en ai, mais d'entendre ça, de le recevoir, ça m'a sonnée, j'ai eu envie, j'ai eu besoin de comprendre, c'étaient des paroles toutes simples, anodines presque, elles ne portaient sûrement pas à conséquence pour toi, mais elles n'ont pas arrêté de me trotter dans la tête, je ne m'étais pas révélée, ça m'a secouée, ça m'a ébranlée en fait, parce que j'avais l'impression au contraire de ne pas m'être défendue, de ne pas m'être retenue, de n'avoir rien caché ou calculé, pourtant ce n'était pas ton sentiment, j'y ai beaucoup pensé, je n'arrêtais pas d'y revenir, et je voulais te dire, tu n'avais peut-être pas tort, c'est vrai, je n'ai peut-être pas assez parlé, de moi, de nous, je suis peut-être restée en retrait, malgré moi, je ne sais pas, j'imagine que je peux être comme ça, même si je souhaite tout le contraire, je ne m'en rends pas compte mais c'est vrai, ça doit arriver, et j'espérais avoir l'occasion de… d'en parler avec toi, que tu saches que… que tes paroles m'ont éclairée… je n'irai pas jusqu'à dire que tu m'as rendu service en me quittant, mais c'est vrai, tes paroles m'ont… elles m'ont ouvert les yeux, elles m'ont aidée, elles m'ont aidée à comprendre, à comprendre et à changer, voilà… j'ai changé… je te dis tout ça, tu n'as peut-être pas envie de l'entendre, peut-être que ça n'a plus d'importance pour toi, tu te dis peut-être à quoi bon… à quoi bon revenir sur… c'est vrai, tu as sûrement tourné la page, peut-être que tu n'as pas souhaité, que tu n'as pas éprouvé le besoin de réfléchir ou d'épiloguer sur tout ça, sur nous, mais… mais voilà, je… j'avais envie de te le dire… je me disais que… je me disais que j'aimerais bien pouvoir te le dire…

10

Il s'échappe

… le plus grand c'est Bergman, personne n'a été aussi loin, pour parler du couple je veux dire, aucun autre cinéaste n'a eu la même puissance, la même acuité de regard, la même profondeur de vue : l'amour et la haine, la cruauté et la tendresse, les pulsions, les déchirements, les gouffres de solitude : tout y est, à sa manière, une manière qui n'appartient qu'à lui, il suffit de revoir *Scènes de la vie conjugale*, un film implacable, un film saisissant de vérité, *Scènes de la vie conjugale*, c'est une somme, il l'avoue lui-même, c'est sa vie, toute une vie vécue, même si, comme le dit Marguerite Duras, c'est un mot bien pauvre que celui de *vécu*, une vie vécue, à défaut d'un autre mot, Liv Ullmann a raconté le travail sur le plateau, l'intimité exceptionnelle entre Bergman, Josephson et elle, d'ailleurs elle n'a plus voulu tourner après, elle savait, elle ne pouvait pas tolérer de savoir que jamais plus elle n'atteindrait une telle vérité dans le jeu, elle s'est tournée vers la réalisation… bon, bien sûr, c'est un protestant, c'est dur, il y a une froideur dans tout ça, quelque chose d'âpre, il n'y a pas de salut, c'est pas la peine de chercher, ou alors, s'il y en a un, il est en soi, nulle part ailleurs, c'est la Suède, on gèle l'hiver, on a à peine le temps de dégeler que c'est reparti, et lui, Bergman, parlant de dégeler, il s'était trouvé une maison sur une île, il n'y a que ça en Suède, des îles, une très jolie maison d'ailleurs, et les dernières années de sa vie, il y vivait seul, en ermite, il y travaillait encore tous les jours, de temps en temps un collaborateur ou une collaboratrice venait l'y rejoindre, mais bon, *grosso modo*, il était seul, une vie calcinée derrière lui, il faut bien le dire, des films, d'accord, de grands films, je ne dis pas le contraire, mais une vie brûlée par son sale caractère, son égocentrisme, son absence totale de scrupules, il n'y a qu'à lire ses mémoires, même pas besoin de chercher entre les lignes, c'est lui qui le dit, noir sur blanc, une vie traversée comme une coulée de lave, et derrière lui, une ribambelle de fantômes, femmes délaissées, enfants oubliés, parents liquidés, un cortège de fantômes, et son île – crépusculaire –, un cimetière, avec lui dedans, seul face à la mer, alors l'art à tout prix, oui, sûrement, si vous y tenez, mais entre nous, très peu pour moi, je vous le dis comme je le pense, mais bon, à chacun d'en juger, l'absolu d'un côté, la vie de l'autre, à vous de voir, l'ici et maintenant ou la postérité, c'est vous qui savez, aimer ou se les geler, je veux pas vous décourager, mais quand même, au bout du compte, *là est la question*…

11

Elle se mure

… que veux-tu que je réponde ?… comment répondre à ça ?… et puis ça veut dire quoi : *qu'est-ce que tu veux au juste ?*, ça veut dire quoi ce *au juste*, tu entends le ton avec lequel tu me demandes ça, le mépris à peine voilé, l'apparence de la parole donnée et la flèche qui te cloue au pied du mur : vas-y, je t'écoute, à toi de me dire, où veux-tu en venir, éclaire-moi, parle, *qu'est-ce que tu veux au juste ?*, ce serait trop facile, d'autant que tu n'attends que ça, à supposer que je te réponde, que je sache trouver les mots, tu t'empresserais de fondre sur eux comme l'aigle sur sa proie, tu t'en emparerais aussitôt pour les retourner contre moi, non, non, je ne te dirai pas ce que je veux, je ne te dirai ni ce que je veux, ni ce que je veux *au juste*, je ne te dirai rien, ce qui m'appartient en propre m'est trop précieux pour que je te l'offre, pour que je te laisse te moquer de ma douleur, de mes peines, de mes espérances, je les garderai pour moi mes mots, tant qu'ils n'auront pas la force de résister à tes assauts, je les garderai en moi et je les protégerai comme une louve couve ses petits, je me les murmurerai dans la nuit, les mots qui disent qui je suis, je les déposerai au creux de ma main, loin de tes crocs et de tes foudres, non, je ne te dirai rien, je ne te dirai pas les blessures, je ne te dirai pas comme je pleure de voir encore le sang couler, je ne te dirai ni les larmes amères ni le mur dressé entre nous, je ne te dirai pas la honte de ne pas savoir m'affranchir de moi, je ne te dirai pas la haine, celle des regards de glace, des coups portés et des silences qui volent comme des couteaux, je ne te dirai pas le désir de fuir, de m'enfuir très loin, je ne te dirai pas l'amour tapi qui n'attend qu'un signe, une parole, une main tendue pour éclore au grand jour, je ne te dirai rien, je me tairai, je serai une tombe et j'attendrai, j'attendrai le temps qu'il faut, j'attendrai ma vie entière s'il le faut, j'attendrai mon heure, l'heure de ma liberté…

12

Il s'ouvre

… je vais te dire, Mohamed Ali, tu connais Mohamed Ali ?, Mohamed Ali, il pouvait pas encaisser Joe Frazier, il arrêtait pas de le traîner dans la boue, il le traitait de tous les noms, il disait de lui qu'il était un singe, un gorille, un traître à sa race, il lui crachait tout ce qu'il pouvait, en public, au micro, à la télé, il le provoquait, il le narguait tu vois, mais il pensait ce qu'il disait, il disait pas n'importe quoi, c'était pas comme les clowns que tu vois aujourd'hui qui disent n'importe quoi pour se faire remarquer, qui disent n'importe quoi parce qu'ils savent rien dire d'autre, il pensait Mohamed, c'est pas pour rien qu'il est devenu ce qu'il est devenu, le plus grand des plus grands, il se battait pour la cause, il l'avait dans le sang, il la défendait avec ses poings, elle giclait par tous les pores de sa peau, alors quand il traînait Frazier dans la boue, qu'il l'écrasait de ses mots, ça avait du poids, ça voulait dire quelque chose, c'étaient pas des paroles en l'air, et Frazier le savait, et il en était meurtri au plus profond de lui, c'était la gentillesse incarnée Frazier, il était connu pour ça, il en croyait pas ses oreilles, il comprenait pas pourquoi Ali s'acharnait sur lui, pourquoi Ali lui crachait dessus chaque fois qu'il le pouvait, il pouvait pas comprendre que pour Ali c'était la routine, c'était sa manière, son cirque habituel, même s'il pensait ce qu'il disait, pour Ali Frazier c'était rien, c'était une poussière dans l'océan du Grand Combat, celui contre la haine, celui contre les préjugés et l'injustice, il pensait ce qu'il disait mais il aurait pu tout aussi bien dire autre chose tu vois, ça n'avait pas de portée pour lui, mais pour Frazier si, et un jour Ali a compris, il a compris la douleur de Frazier, il l'a reçue en plein dans la gueule, il l'a ressentie dans sa chair, il la connaissait mieux qu'aucun autre, il savait ce qu'elle te fait, comment elle te travaille, comment elle te pourrit la vie, comment elle t'anéantit, il a su la douleur de Frazier, on lui a fait voir ce que Frazier endurait, jour après jour, et on lui a raconté que ses enfants rentraient en larmes tous les soirs de leur vie, les insultes d'Ali les poursuivaient et les fracassaient jusque dans la cour d'école, l'humiliation subie par leur père s'étendait jusqu'à eux, les enfants, les plus innocents des innocents, en plus Ali il craquait pour les mômes, il les adorait, alors ce jour-là, quand il a su pour les enfants, Ali s'est écroulé, il s'est effondré, il a pleuré toutes les larmes de son corps, lui, le persécuté, le calomnié, lui l'incompris, le maudit, il a compris que les blessures qu'il infligeait à son rival, c'étaient les siennes, et la vérité c'est qu'il aimait bien Frazier, il avait du respect pour lui, il pouvait pas ne pas en avoir, il mesurait l'homme, entre boxeurs on se jauge, on se toise tu vois, on prend la mesure de l'autre, il savait à qui il avait affaire, et des années plus tard, je sais pas moi, trente, quarante ans plus tard, Ali il est vieux, il a le parkinson, il est diminué mais il a encore toute sa tête, il a encore l'étincelle dans l'œil, il a encore le cœur vaillant, et il tombe sur Frazier, je sais plus où, ils sont vieux maintenant tous les deux, et ils se retrouvent, c'était pas prévu mais ils se retrouvent, ils ont saigné ensemble tu comprends, ils ont ça entre eux, et sur la photo, ils se tiennent la main, tu peux croire ça toi, ils se tiennent la main, Ali et Frazier, comme deux vieux amants au crépuscule de leur vie, ils se tiennent la main, ils regardent on sait pas où, devant eux, peut-être qu'ils voient plus rien ni personne, et ils se tiennent la main, la vie leur a pas fait de cadeaux, ni à l'un ni à l'autre, malgré les honneurs, malgré tous les titres, mais entre eux, ça se voit, ça se sent, tu vois que ça sur la photo, tu vois rien d'autre, entre eux, il y a le respect, il y a la paix, il y a l'amour, il y a tout ça sur la photo, et moi, quand je la vois, je pleure, je peux pas faire autrement, je pleure toutes les larmes de mon corps, comme Ali, et je rêve du jour où on se tiendra la main, toi et moi, comme ça, sans paroles, sans même se regarder, juste les mains, parce qu'alors on saura que nos cœurs ont pardonné, que la vieillesse peut venir, que la mort peut venir, on saura que les douleurs et les peines n'ont pas été vaines, il n'y aura plus ni regrets ni remords, juste nos mains et nos corps qui se touchent, juste nos cœurs qui s'effleurent avec douceur, je rêve encore de ça tu vois, je pleure toutes les larmes de mon corps et je rêve encore de ça, de ce jour-là, de cet amour-là…

À Stéphane Lépine, Téo Spychalski
et Tristan Malavoy : merci.

Table

Dans la même collection

Gabriel Anctil, *Les aventures érotiques d'un écorché vif.*
Gabriel Anctil, *La tempête.*
Miléna Babin, *L'étrange odeur du safran.*
Miléna Babin, *Les fantômes fument en cachette.*
Collectif, *La disparition de Michel O'Toole.*
Fredric Gary Comeau, *Douze chansons pour Évelyne.*
Fredric Gary Comeau, *Vertiges.*
Sylvain David, *Faire violence.*
Stéphanie Lapointe et Rogé, *Grand-père et la Lune.*
Éléonore Létourneau, *Les choses immuables.*
Éléonore Létourneau, *Il n'y a pas d'erreur : je suis ici.*
Éléonore Létourneau, *Notre duplex.*
Jérôme Minière, *L'enfance de l'art.*
Jonathan Pedneault, *Toi aussi, mon fils.*
Elsa Pépin, *Quand j'étais l'Amérique.*
Katherine Raymond, *Matricide.*
Julien Roy, *Gabriel est perdu.*

Suivez-nous :

GARANT DES FORÊTS
INTACTES

Achevé d'imprimer en septembre deux mille dix-huit
sur les presses de l'imprimerie Gauvin,
Gatineau, Québec

L'intérieur de ce livre a été imprimé
sur papier québécois 100 % recyclé.